Teléfono: 19 46 06 20
Fax: 19 46 06 55
e-mail: ediciones@editorialprogreso.com.mx
e-mail: servicioalcliente@editorialprogreso.com.mx

Desarrollo editorial: Víctor Guzmán Zúñiga
Dirección editorial: Yolanda Tapia Felipe

Proyecto y realización: Sandra Donin. Proyectos Editoriales
Diseño: Sandra Donin y Martha Cuart

Revisión editorial: Cyntia Berenice Ruiz García

Derechos reservados:
© 2008 Mariana I. Pellegrino (autora)
© 2008 Mariana Nemitz (ilustradora)
© **2008 EDITORIAL PROGRESO S.A. DE C.V**.
   Naranjo 248, col. Santa María la Ribera
   Delegación Cuauhtémoc, C.P. 06400
   México, D.F.

Con mis manos
(Serie Con mis...)

Miembro de la Cámara Nacional de la Industria Editorial Mexicana
Registro núm. 232

ISBN: 978-970-641-723-7 (Serie Con mis...)
ISBN: 978-970-641-724-4

Impreso en México
Printed in Mexico

1ª edición: 2008

Con mis manos

Con mis manos

Mariana I. Pellegrino

Mariana Nemitz

![PROGRESO EDITORIAL]
PROGRESO
EDITORIAL

CON MIS MANOS JUEGO A TAPAR EL SOL,

APLASTO UNA NUBE,

MUEVO UNA MONTAÑA,

HAGO QUE LA LUNA SE ACERQUE A MI BALCÓN.

CON MIS MANOS
ACARICIO A MI ABUELO,
ABRAZO A MI PADRE Y
DESPEINO A MI HERMANO,
CABEZA DE MELÓN.

CON MIS MANOS JUEGO CON LA ARENA

VUELO UNA AVIONETA Y,

MANEJO UN BARQUITO A VAPOR.

CON MIS MANOS INVENTO CONEJITOS,

ME DIVIERTO CON MI OSITO Y

PINTO LAS PAREDES DEL MEJOR COLOR.

CON MIS MANOS
CONSTRUYO UN CASTILLITO
Y LA MEJOR VENTANA
LA DEJO RESERVADA
PARA ALGÚN AMOR.

CON MIS MANOS
ROMPO PAPELITOS,
JUEGO CON BICHITOS
Y ARMO ESCULTURAS
REPLETAS DE EMOCIÓN.

CON MIS MANOS
CONDUZCO UNA BICICLETA
Y ATRAVIESO UN CAMINO VERDE,
CUBIERTO DE FLORES
CON OLOR A LIMÓN.

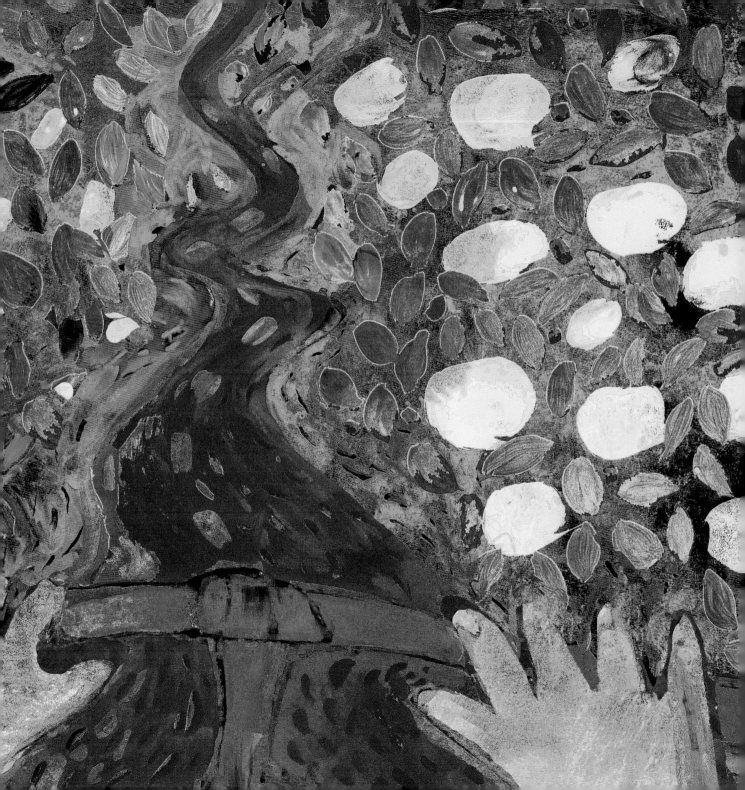

CON MIS MANOS DIBUJO UN CORAZÓN EN EL CIELO

Y HAGO UN PUENTECITO ALREDEDOR DE MI BOCA

PARA SOPLARLO HASTA DONDE ESTÁ MI MAMÁ

QUE ES TODO AMOR.

Con mis manos me aferro a mis padres

y salto los charquitos que la lluvia pícara

dejó amontonados en un escalón.

Con mis manos alguna vez seré grande,

y seguiré pintando el mundo de mi color.

La primera edición de *Con mis manos*
de Mariana I. Pellegrino, se terminó de imprimir en junio de 2008
en los talleres de la Editorial Progreso, S.A. de C.V.